Amy & Claire agus
An Phleist Mhór

pleisssssst

Susan Edwards & Ré Ó Laighléis • Léaráidí le Emily Colenso

MÓINÍN

Do Amy agus Claire,
le grá ó Susan

An Chéad Chló 2008, MÓINÍN
Loch Reasca, Baile Uí Bheacháin, Co. an Chláir, ÉIRE.
Fón/Facs: 065 707 7256
Ríomhphost: moinin@eircom.net
www.moinin.ie

  Bord na Leabhar Gaeilge   Foras na Gaeilge

Tá MÓINÍN buíoch de Bhord na Leabhar Gaeilge
as tacaíocht airgeadais a chur ar fáil.

Tá taifead catalóige i leith an leabhair seo ar fáil
i Leabharlann Náisiúnta na hÉireann agus
i leabharlanna éagsúla d'Ollscoil na hÉireann.

Tá taifead catalóige CIP i leith an leabhair
seo ar fáil i Leabharlann na Breataine.

ISBN 978-0-9554079-6-3

Arna phriontáil agus cheangal in Éirinn
ag Clódóirí Lurgan, Indreabhán, Co. na Gaillimhe.

Dearadh agus leagan amach téacs le Link Associates
Dearadh an chlúdaigh, bunaithe ar léaráid de chuid
Emily Colenso, le Link Associates

An Phleist Mhór

Seo Amy agus Claire.

Is deirfiúracha iad.

Is cúpla iad.

Bíonn siad i gcónaí le chéile.

Féach iad le chéile ina seomra leapa.

Seomra leapa pinc, go deimhin! Bhuel, céard eile ach pinc!

Breathnaíonn Amy amach an fhuinneog agus ligeann sí liú aisti.

"Yahúúú, a Claire! Tá an bháisteach stoptha," arsa Amy.

"Yahúúú, a Amy! Tá an bháisteach stoptha," arsa Claire.

"Yahúúúúúú! Tá an bháisteach stoptha," arsa an bheirt acu
as béal a chéile.
"Yabbadabbadubbadabbadú-dú-dúúúúúú!"

Ritheann an bheirt isteach sa chistin agus
iad ag béicíl in ard a ngutha.

"A Mhamaí, 'Mhamaí, 'Mhamaí, tá an bháisteach stoptha,
tá an bháisteach stoptha.
An bhfuil cead againn dul amach chun spraoi?"

"Dul amach chun spraoi! Cinnte, a stóiríní, tá," arsa Mamaí.
"Ach cuirigí oraibh bhur gcótaí agus bhur mbuataisí.
Tá an bháisteach stoptha ach tá an talamh fliuch i gcónaí."

Agus breathnaíonn Mamaí ar an dá mheangadh mór leathan
atá ar aghaidheanna Amy agus Claire.
Bhuel, nach orthu atá cuma na sástachta!

Gan mhoill ná leathmhoill, gléasann siad iad féin chun
dul amach chun spraoi.

A gcótaí ar dtús.
Ansin na buataisí.

Buataisí pinc ag Amy.
Buataisí dearga ag Claire.

"Is maith liom do bhuataisí dearga, a Claire," arsa Amy.
"Agus is maith liomsa do bhuataisí pinc, a Amy," arsa Claire.

"Yahúúúúúúú!" arsa an bheirt acu fós eile.

Agus as go brách leo an doras amach, agus iad ag gáire
agus ag scréachaíl le háthas.

Is í Claire is túisce a fheiceann an log uisce.
Cuireann sí gob na coise ann.

"Níl sé domhain ar chor ar bith," arsa Claire,
agus baineann sí steallóigín as.

Agus cuireann sin an bheirt acu sna trithí gáire.

Ar aghaidh le hAmy go dtí log eile atá tamall uathu.
Tá sise rud beag níos cúramaí ná mar a bhí Claire...
Rud beag níos faití...
Rud beag níos amhrasaí...
Ach, mar sin féin, triaileann sí le barr na coise é.

"Tá an ceann seo níos doimhne ná an ceann eile, a Claire," ar sí.
Agus, leis sin – iontas na n-iontas – léimeann sí isteach ann.

Bhuel, is mó an steallóg a bhaineann sí as ná mar a bhain Claire
as an gceann eile ar ball beag.

Ansin siúlann siad ar aghaidh go log ÁBHALMHÓR ar fad.

"Mmm!" arsa Amy, "tá cuma dhomhain ar an gceann seo."

Beireann Claire ar dhá mhaide atá caite ar thaobh an lána.

"Seo, triailimis leo seo é," ar sí, agus síneann sí ceann de na maidí chuig Amy.

Sánn siad an dá mhaide isteach san uisce.

"Huth! Níl sé chomh domhain sin ar chor ar bith, a Amy," arsa Claire.

"Sea, níl!" arsa Amy.

Féachann siad ar a chéile soicind. Leathann miongháire ar aghaidheanna na ndiabhailíní.

"Léimimis le chéile," ar siad as béal a chéile.

Beireann siad greim daingean ar lámh a chéile agus breathnaíonn
siad isteach sa log arís soicind nó dhó.
Ansin: "Aon...dó...trí...
Lééééééééééééééééeéééééééééééééééeim!"

Agus léimeann siad beirt díreach isteach i gceartlár an loig.

Ach, a Mhama! Ó, bhó-bhó-bhó-bhó-bhó! Nach é atá domhain!
Domhain...domhain...domhain...domhain...domhain...
Seaaaaaaa, muis', domhain.
I bhfad níos doimhne ná mar a cheap siad roimh léim dóibh.
I bhfaaaaaaaaaaaaaaaaaaaaaaaaaaaaaaaaad
i bhfad i bhfad i bhfad i bhfad i bhfad i bhfad i bhfad i bhfad
níos doimhne ná mar a cheap siad!!!

Agus tá an uile ní ina phlobánta phlabanta phuiteála
phlobarnach phleotanta... pl... pl... pl...

Agus tá sé ina rírá ceart idir phlab agus phluda agus phlimp agus phleist...

Tá na cailíní bric-breac-brocach-breacanta-broghach le puiteach.

Féachann siad ar a chéile.
"Ó, a dhiabhail!" ar siad as béal a chéile.
"Táimid bric-breac-brocach-breacanta-broghach le puiteach."
Agus leathnaíonn ar na súile i logaill a gcinn.
"Beidh Mamaí ar buile," arsa Claire.
"Beeeeeeeidh Mamaí ar mhíííííííííííííííííííííííííííííle
buile-buile-buile," arsa Amy.
"Sea, ar mhíííííííííííííle-míííííííííííííííle-míííííííííííííííííííle buile,"
ar siad le chéile.
Cromann siad a gcloigne agus siúlann siad go mall i dtreo an tí.
"Seo muid," arsa Claire, agus cnagann sí ar an doras.

Amach sa halla le Mamaí agus osclaíonn sí an doras agus…
"A Mhuire Mháthair! Céard sa diabhal!" ar sí.
"Tá sibh bric-breac-brocach-breacanta-broghach le puiteach!"

Agus, leis sin, scairteann Mamaí amach ag gáire.
Breathnaíonn Claire agus Amy ar a chéile athuair.
Ansin scairteann siadsan amach ag gáire chomh maith.

"Isteach libh go beo, a dhiabhailíní, sula mbéarfaidh sibh bás
den bhfuacht," arsa Mamaí.
"Bainigí díbh na héadaí fliucha sin agus cuirigí oraibh éadaí
deasa teolaí," ar sí.
"Ansin, suígí chun boird agus ithigí an béile breá atá réitithe agam
do mo stóiríní beaga beoga."

Bhuel, baineann siad díobh mar a deirtear leo.
Caitheann siad uathu a n-éadaí fliucha agus cuireann siad geansaithe
úra teolaí orthu:
Geansaí pinc ar Amy.
Geansaí corcra ar Claire.

Agus tugann siad le fonn faoi bhéile breá. Pláta mór pónairí agus
brúitín agus ispíní agus slisíní blasta bágúin agus trátaí agus...

"Ó, nach iontach é seo!" arsa Claire.

"Is iontach, a Claire," arsa Amy.

"Agus nach againn a bhí an chraic mhór inniu!" ar siad as béal a chéile.

Breathnaíonn siad ar a chéile soicind. "Sea," ar siad, "an-chraic go deo!

Ba Phleist Mhór ar fad í."

Agus, leis sin, briseann siad amach sna trithí gáire arís eile.

1

Seo Amy agus Claire.

2

"Yahúúú, a Claire! Tá an bháisteach stoptha," arsa Amy.

3

"An bhfuil cead againn dul amach chun spraoi?"

7

Bhuel, is mó an steallóg a bhaineann sí as ná mar a bhain Claire as an gceann eile ar ball beag.

8

"Huth! Níl sé chomh domhain sin ar chor ar bith, a Amy," arsa Claire.

9

"Aon…dó…trí… Léééééééééééééééééééééééééééim!"

13

Geansaí pinc ar Amy. Geansaí corcra ar Claire.

14

"Sea," ar siad, "an-chraic go deo! Ba Phleist Mhór ar fad í."

15

4

Buataisí pinc ag Amy. Buataisí dearga ag Claire.

5

Cuireann sí gob na coise ann.

6

...agus baineann sí steallóigín as.

10

11

"Táimid bric-breac-brocach-breacanta-broghach le puiteach."

12

"Isteach libh go beo, a dhiabhailíní, sula mbéarfaidh sibh bás den bhfuacht," arsa Mamaí.

Susan Edwards: Is as Toronto, Ceanada do Susan. Tá na blianta caite aici mar léiritheoir teilifíse agus d'oibrigh sí leis an Canadian Broadcasting Corporation. Tá cónaí uirthi i gContae an Chláir le tamall de bhlianta anuas. Is í Susan bunchoincheapadóir na sraithe *Amy & Claire* agus ba aici a bhí an bunsmaoineamh don scéal *An Phleist Mhór*. Is é seo a céad iarracht do dhaoine óga agus tá sí ag obair ar shraith leabhar i gcomhar le Ré Ó Laighléis agus Emily Colenso i láthair na huaire.

Ré Ó Laighléis: Is Bleá Cliathach é Ré. Rugadh agus tógadh é i Sail an Chnocáin i ndeisceart an chontae. Tá sé ina scríbhneoir lán-aimseartha ó 1992 i leith. Scríobhann sé don léitheoir fásta, don déagóir agus, anois, don léitheoir óg. Tá iliomad duaiseanna náisiúnta agus idirnáisiúnta gnóthaithe aige dá scríbhinní, idir Ghaeilge agus Bhéarla, agus tá mórchuid dá chnuasaigh gearrscéalta agus úrscéalta aistrithe go teangacha eile. Sa Bhoireann i gContae an Chláir atá cónaí anois air.

Emily Colenso: I dtuaisceart Devon, Sasana a rugadh agus a tógadh Emily ach tá cónaí anois uirthi i gceantar tuaithe i Somerset. Oileadh í sna míndána sa Canterbury College of Art, áit a bhain sí céim amach i 1989. Le deich mbliana anuas, tá a dúthracht caite aici le tógáil clainne ach, ar na mallaibh, tá stiúideo úrnua tógtha aici agus is mó go bhfuil a haghaidh casta aici ar a tallann ealaíne athuair. Bíonn mórán tionscnaimh idir lámha aici i gcónaí. Ar cheann díobh sin, le déanaí, tá a hobair ghleoite ealaíne ar *An Phleist Mhór*.